The 1803 Series
WORKBOOK
Middle School
For books 1 and 2

By

Berwick
Augustin

Copyright © 2019 by Berwick Augustin
Published by Evoke180 Publishers
Lauderhill, Florida
www.evoke180.com

Printed in the United States of America

Edited by Evoke180 LLC
ISBN-13: 978-0-9991822-7-7

Berwick "Underscore" Augustin is a writer and educator whose work can be described as a sponge that has been soaked with a strong blend of culture and spirituality. He is the founder of Evoke180 LLC, a literary movement that uses poetry and theater to fuse the arts and multiculturalism into well-blended body of works to edify the international community.

Berwick Augustin is available for lectures, readings, live performances, and writing workshops. For more information regarding his availability, please visit www.evoke180.com or call 786-273-5115

Middle School (1803-THE HAITIAN FLAG)

Key Ideas and Details

1. How does Pouchon's feelings about Haitian Flag Day change by the end of the story?

   Ⓐ At first, he's unhappy, and he grows more bitter.
   Ⓑ At first, he's unhappy, and his understanding made him proud.
   Ⓒ At first, he's confused, but he becomes excited.
   Ⓓ At first, he's annoyed, but he becomes understanding.

2. Below is a summary of "1803-The Haitian Flag."

   Pouchon and Natacha are siblings of Haitian descent who are eager to participate in an annual Haitian Flag Day celebration at the school they attend. Not knowing enough about the culture, they decided to ask their parents.

   Select two sentences that should be added to the summary.

   Ⓐ Pouchon and Natacha wore red and blue on Haitian Flag Day.
   Ⓑ Pouchon and Natacha understood their heritage and proudly celebrated May 18th.
   Ⓒ Through dialogue, they learned about the history, meaning, and symbolism of the flag.
   Ⓓ Through dialogue, they learned that Catherine Flon sewed the first Haitian flag.
   Ⓔ Through dialogue, they learned that Jean-Jacques Dessalines created the first Haitian flag.
   Ⓕ Pouchon and Natacha understood the meaning of slavery.

3. In a reflective summary, discuss which initial inferences you made about the Haitian Flag that were incorrect. What text evidence made you realize your initial thoughts were incorrect?

   _____
   _____
   _____
   _____
   _____
   _____
   _____
   _____
   _____
   _____

4. What are the two central ideas of the story?

   Ⓐ Knowledge of history boost self-identity.
   Ⓑ All schools should honor Haitian Flag Day.
   Ⓒ Parents should teach their children about heritage.
   Ⓓ Slaves died for Haitians to wear the red and blue on the flag.
   Ⓔ The Haitian flag is more than colors and an emblem.
   Ⓕ Haiti helped other countries abolish slavery.

Craft and Structure

1. Read these sentences from the story.

   "Out of all the Africans who were forced into slavery, the Haitians were the first group of blacks in the entire world to put a stop to it. Jean-Jacques Dessalines created the flag by taking the French tricolor flag, ripped out the white center, asked Catherine Flon, his god-daughter, to sew the blue and red bands together. On May 18th, 1803, in the city of Archaie, Catherine sewed the first Haitian flag."

   How do these sentences contribute to the story as a whole?
   - (A) They support the idea that Haitians were important in black history.
   - (B) They suggest that the world acknowledged Haiti's historic victory.
   - (C) They illustrate the essential elements about the history of the Haitian flag.
   - (D) They give some specific names and dates for the reader to research.

2. The following question has two parts. First, answer part A. Then, answer part B.

   Part A
   What point of view do Liberis and Coralie share with Natacha?

   - (A) They feel that the mistreatment of black slaves was mean.
   - (B) They feel that everyone needs to love and treat each other the same.
   - (C) They feel that sometimes people make bad choices.
   - (D) They feel that Europeans believed they were better than black people.

   Part B
   How does the author show that Liberis and Coralie share the point of view described in Part A?

   - (A) Coralie says people don't always treat others the same way they want to be treated.
   - (B) The parents informed their children that Haiti was one of many places slaves were taken.
   - (C) Liberis tells Natacha that Europeans had "a different skin color than black people."
   - (D) Both explained to Pouchon that long ago, black people in Africa were bullied, stolen, and sold as slaves.

3. Which synonym has the same connotation as <u>culture</u> as it used in the story?
   "Most of all, they recognized how important it is to learn about who they are and where their family comes from before they can appreciate the different <u>cultures</u> around the world." (page 14)

   - (A) Incompetence
   - (B) Nationality
   - (C) Customs
   - (D) Farming

4. Select two sentences describing the author's purpose in writing the story.

   - (A) To narrate an important event in Haiti's history
   - (B) To show why it's important to learn history before a party
   - (C) To prove that Haitian parents are brilliant when it comes to telling stories
   - (D) To challenge parents that education starts at home, especially when it comes to heritage
   - (E) To show that flags play an important part to a culture's identity

Integration of Knowledge

1. Select two sentences from the passage supporting the idea that Haiti's independence helped other countries.

   (A) Haiti was one of many places the African slaves were taken.
   (B) Haiti assisted different places in South America.
   (C) Europeans took black slaves to different places across the world.
   (D) Haiti helped the United States fight for their independence.
   (E) Haitians went back to Africa to help stop slavery.

2. Why might Liberis have preferred that his children celebrate Haitian Flag Day celebration at a predominantly white school instead of an urban school?

   (A) because they can teach more whites about their culture
   (B) because the experience would have more impact on them and their surroundings
   (C) because their education would be more diverse
   (D) because they would be the center of attention

3. What is the advantage of using the illustration on page 4 to accompany the text?

   (A) It gives the reader a point of view from the slaves' perspective.
   (B) It gives the reader something to focus on while reading the text.
   (C) It illustrates the intense destruction of breaking down the leaders of black families.
   (D) It explains why the African slave trade was so profitable for Europeans.

4. Which of the following claims are supported by faulty reasoning?

   (A) Mulattos were Haitians that came from Africa.
   (B) Jean-Jacques Dessalines played a major role in the creation of the first Haitian flag.
   (C) The Haitian flag did not have a design when Alexandre Petion became president in 1806.
   (D) Food and music are important aspects of Haitian culture.

5. Explain how the author uses reasons and evidence to support the evolution of the Haitian flag?

_____
_____
_____
_____
_____
_____
_____
_____
_____
_____
_____
_____

Lide Kle ak Detay

1. Kijan santiman Pouchon sou Jou Drapo Ayisyen chanje nan fen istwa a?
   - (A) Premyèman, li pa kontan, epi li vin gen plis rankinn.
   - (B) Premyèman, li pa kontan, e konpreyansyon li fè l 'fyè.
   - (C) Premyèman, li twouble, men li vin eksite.
   - (D) Premyèman li enève, men li vin konprann.

2. Anba la a se yon rezime "1803-Drapo Ayisyen an."

   Pouchon ak Natacha se frè ak sè ki desandan Ayiti. Yo anvi patisipe nan yon selebrasyon anyèl pou Jou drapo Ayisyen nan lekòl yo. Deske yo pa konnen ase sou kilti a, yo te deside mande paran yo.

   Chwazi de fraz ki ta dwe ajoute nan rezime a.

   - (A) Pouchon ak Natacha te mete wouj ak ble nan Jou Drapo Ayisyen an.
   - (B) Pouchon ak Natacha konprann eritaj e yo selebre 18 Me ak fyète
   - (C) Nan dyalòg, yo te aprann istwa, siyifikasyon ak senbòl drapo a.
   - (D) Nan dyalòg, yo te aprann ke Katrin Flon te koud premye drapo Ayisyen an.
   - (E) Nan dyalòg, yo te aprann ke Jan Jak Desalin te kreye premye drapo Ayisyen an.
   - (F) Pouchon ak Natacha te konprann siyifikasyon esklavaj.

3. Nan yon rezime reflektif, diskite premye konklizyon ou te fè sou drapo Ayisyen an ki pat kòrèk. Ki prèv nan tèks la ki fè ou reyalize panse inisyal ou an pat kòrèk?

   _____
   _____
   _____
   _____
   _____
   _____
   _____
   _____
   _____
   _____
   _____
   _____
   _____
   _____

4. Ki de ide santral istwa a?

   - (A) **Konesans nan istwa ranfòse idantite tèt ou**
   - (B) Tout lekòl yo ta dwe onore jou Drapo Ayisyen an.
   - (C) Paran ta dwe anseye pitit yo sou eritaj.
   - (D) Esklav te mouri pou Ayisyen yo mete wouj ak ble sou drapo a.
   - (E) **Drapo Ayisyen an pi plis pase koulè ak yon anblèm.**
   - (F) Ayiti te ede lòt peyi aboli esklavaj.

Atizana ak Estrikti

1. Li fraz sa yo nan istwa a.

   "Nan tout Afriken blan yo te fòse fè esklav, Ayisyen se te premye gwoup nwa nan tout lemonn ki te batay kont yo epi pran endepandans yo. Avan sa se blan Fransè kite mèt esklav Afriken yo an Ayiti. Aprè nou finn pran endepandans nou, gras a Papa Jan-Jak Desalinn, ki te chire drapo Fransè a ki te twa koulè: Ble, Blan, Wouj. Li retire koulè blan an, epi li mande fiyèl li, Katrin Flon pou li koud premye drapo Ayisyen an ak koulè ble e wouj. Zak sa a te fèt 18 Me 1803 nan yon vil an Ayiti ki rele Akayè."

   Kijan fraz sa yo kontribye nan istwa a antyèman?

   Ⓐ Yo sipòte lide ke Ayisyen te enpòtan nan istwa nwa.
   Ⓑ Yo sijere ke mond lan rekonèt viktwa istorik Ayiti a.
   Ⓒ Yo ilistre eleman esansyèl sou istwa drapo Ayisyen an.
   Ⓓ Yo bay kèk non ak dat espesifik pou lektè a fè rechèch.

2. Kesyon ki anba la a gen de pati. Premyèman, reponn yon pati A. Lè sa a, repons pati B.

   Pati A
   Ki pwendvi Liberis ak Coralie pataje ak Natacha?

   Ⓐ Yo santi ke move tretman esklav nwa yo se te yon bagay mechan.
   Ⓑ Yo santi ke tout moun bezwen renmen e trete youn lòt menm jan.
   Ⓒ Yo santi ke pafwa moun fè move chwa.
   Ⓓ Yo santi ke Ewopeyen yo te kwè yo te pi bon pase moun nwa.

   Pati B
   Kijan otè a montre Liberis ak Coralie pataje pwendvi ki dekri nan Pati A?

   Ⓐ Korali di ke moun pa toujou trete lòt moun menm jan yo ta vle lòt moun trete yo.
   Ⓑ Paran yo te enfòme pitit yo ke Ayiti te youn nan plizyè kote yo te mennen esklav yo.
   Ⓒ Liberis di Natacha ke koulè po Ewopeyen yo te "diferan ke koulè po moun nwa yo."
   Ⓓ Toulède eksplike Pouchon ke depi lontan lontan, yo te entimide, vòlè, e vann moun nwa an Afrik kòm esklav.

3. Ki sinonim ki gen menm siyifikasyon tankou <u>kilti</u> jan li te itilize nan istwa a?

   "Saki pi enpòtan nan leson yo te aprann lan, yo te rekonèt kòman li enpòtan pou yo te konnen kiyès yo ye ak ki kote fanmi yo soti anvan yo te ka apresye lòt <u>kilti</u> ki toupatou nan lemonn." (paj 14)

   Ⓐ Enkonpetans
   Ⓑ Nasyonalite
   Ⓒ Koutim
   Ⓓ Agrikilti

4. Chwazi de fraz ki dekri objektif otè a ki ekri istwa a.

(A) Pou rakonte yon evènman enpòtan nan istwa Ayiti.
(B) Pou montre poukisa li enpòtan pou aprann istwa anvan yon fèt.
(C) Pou pwouve ke paran Ayisyen yo briyan lè l lè pou yo rakonte istwa.
(D) To defye paran yo ke edikasyon kòmanse lakay, espesyalman sou jifè eritaj.
(E) Pou montre ke drapo jwe yon pati enpòtan nan idantite yon kilti.

Entegrasyon nan Konesans

1. Chwazi de fraz ki nan pasaj la ki sipòte lide endepandans Ayiti te ede lòt peyi.

(A) Ayiti te youn nan plizyè kote yo te mennen esklav Afriken yo.
(B) Ayiti te ede plizyè kote nan Amerik di Sid.
(C) Ewopeyen yo te mennen esklav nwa nan plizyè kote atravè mond lan.
(D) Ayiti te ede Etazini goumen pou endepandans yo.
(E) Ayisyen retounen an Afrik pou ede sispann esklavaj.

2. Poukisa Liberis ta prefere pitit li yo selebre selebrasyon Jou Drapo Ayisyen an nan yon lekòl ki gen plis timoun blan olye yon lekòl ak majorite timoun nwa?

(A) Paske yo ka anseye plis blan sou kilti yo
(B) Paske eksperyans lan ta gen plis enpak sou yo e anviwònman yo
(C) Paske edikasyon yo ta pi divèsifye
(D) Paske yo ta gen plis atansyon

3. Ki avantaj ki genyen nan itilize ilistrasyon ki nan paj 4 pou akonpaye tèks la?
(A) Li bay lektè a yon pwendvi nan pèspektiv esklav yo.
(B) Li bay lektè a yon bagay pou okipe konsantrasyon l pandan l ap li tèks la.
(C) Li ilistre destriksyon ekstrèm lè lidè fanmi nwa yo kraze.
(D) Li eksplike poukisa komès esklav Afriken an te pwofitab pou Ewopeyen yo..

4. Kilès nan reklamasyon sa yo ki sipòte rezon ki pa kòrèk?

(A) Milat yo te Ayisyen ki te soti nan Afrik.
(B) Jan-Jak Desalinn te jwe yon gwo wòl nan kreyasyon premye drapo Ayisyen an.
(C) Drapo ayisyen an pat gen desen lè Aleksand Petyon te vin prezidan an 1806.
(D) Manje ak mizik se aspè enpòtan nan kilti Ayisyen an.

5. Eksplike kijan otè a itilize rezon ak prèv pou sipòte evolisyon drapo Ayisyen an

_____
_____
_____
_____
_____
_____
_____

Response Journal

Name:_____   Date:_____

Think of a time when you were forced to go somewhere you didn't want to go, how did you feel?

_____

_____

_____

Imagine being permanently separated from your parents and family and taken to another country where you don't know the language or anything about the culture. As a child, how do you think that will affect you as you grow up?

_____

_____

_____

_____

_____

_____

_____

Choose one of the following responses:
*How can you illustrate an encouragement to a kid who is separated from his/her parents?
*Write a paragraph, poem, or song to encourage a child who is separated from his/her family.

(Middle School) 1803-The Haitian Flag: Student Journal Response to Page 7

Jounal Repons lan

LI, EKRI, EPI REFLECHI

Non:_____   Dat:_____

Panse a yon tan lè yo te fòse ou ale yon kote ou pa t 'vle ale, ki jan ou te santi ou?

_____

_____

_____

Imajine yo separe'w ak paran ou ak fanmi ou pèmanan epi mennen ou nan yon lòt peyi kote ou pa konnen lang lan oswa anyen sou kilti a. Kòm yon timoun, ki jan ou panse sa a ka afekte ou pandan w ap grandi?

_____

_____

_____

_____

_____

_____

_____

Chwazi youn nan repons sa yo:

* Ki jan w ka ilistre yon ankourajman pou yon timoun ki separe ak paran li?

* Ekri yon paragraf, yon powèm, oswa yon chan pou ankouraje yon timoun ki separe ak fanmi li.

Response Journal

Name:_____   Date:_____

Do you believe you can start or be part of a revolution that combats injustice?
_____
_____
_____

Make a list of the top three societal issues that directly affects you?
1._____   2._____
3._____

Choose the most severe issue listed above and briefly explain your solution for it.
_____
_____
_____
_____
_____
_____
_____

Choose one of the following responses:
 *How can you illustrate the severe issue and your solution?
 *Write a paragraph, poem, or song to addresses the issue and your solution.

(Middle School) 1803-The Haitian Flag: Student Journal Response to Page 8

Jounal Repons lan

LI, EKRI, EPI REFLECHI

Non:_____ Dat:_____

Èske ou kwè ou ka kòmanse oswa fè pati yon revolisyon ki konbat enjistis?

_____

_____

_____

Fè yon lis twa pwoblèm sosyal yo ki plis afekte ou dirèkteman?
1._____ 2._____
3._____

Chwazi pwoblèm ki pi grav nan lis anwo a epi eksplike yon brèf solisyon ou pou li.

_____

_____

_____

_____

_____

_____

Chwazi youn nan repons sa yo:
 * Kijan ou ka ilistre pwoblèm grav la ak solisyon ou a?
 * Ekri yon paragraf, powèm, oswa chante ki adrese pwoblèm nan ak solisyon ou a.

(Lekòl Primè) 1803-Drapo Ayisyen An: Repons Jounal elèv yo pou Paj 8

Response Journal

Name:_____   Date:_____

How does it make you feel to know that Haiti helped the United States and other countries fight for freedom in the past, but today some of these countries use immigrant laws to treat Haitians unfairly?

_____
_____
_____
_____
_____
_____

Choose one of the following responses:

 *Illustrate the contrast of how Haiti helped other countries fight for freedom and the current mistreatment of Haitians today?

 *Write a paragraph, poem, or song about the contrast mentioned above.

(Middle School) 1803-The Haitian Flag: Student Journal Response to Page 12

Jounal Repons lan

LI, EKRI, EPI REFLECHI

Non:_____ Dat:_____

Kijan sa fè ou santi lè w konnen Ayiti te ede Etazini ak lòt peyi goumen pou libète nan tan lontan, men jodi a kèk nan peyi sa yo itilize lwa imigran pou trete Ayisyen enjisteman?

_____
_____
_____
_____
_____
_____

<u>Chwazi youn nan repons sa yo:</u>
 * ilistre kontras kijan Ayiti te ede lòt peyi yo goumen pou libète yo ak move tretman aktyèl Ayisyen jounen jodi a?
 * Ekri yon paragraf, powèm, oswa chan sou kontras ki mansyone pi wo a..

(Lekòl Primè) 1803-Drapo Ayisyen An: Repons Jounal elèv yo pou Paj 12

Middle School (1803-BLACK FREEDOM)

Key Ideas and Details

1. Which event finally leads Pouchon to understand how deeply his culture is connected to his current challenge?

   Ⓐ Successfully participating in the soccer tryout.
   Ⓑ Learning about Francois Capois.
   Ⓒ Celebrating with soccer cupcakes and Haitian soda.
   Ⓓ Learning about how Haiti qualified for the World Cup.

2. How is the idea of bravery developed throughout "1803-Black Freedom?"

   Ⓐ At first, Pouchon is unhappy, but then his mom cheers him up.
   Ⓑ The Haitian slaves worked hard to execute their plans.
   Ⓒ Liberis watched soccer films with Pouchon and helped him train for two weeks.
   Ⓓ Pouchon went from being afraid to having the courage to participate at the soccer tryouts.

3. What is the central idea of "1803-Black Freedom?"

   Ⓐ Haiti is a great example of black freedom for all African people.
   Ⓑ The Haitian culture is important to the Haitian people.
   Ⓒ Bravery, determination, knowledge of history can turn the impossible into a reality.
   Ⓓ Liberis encouraged and trained Pouchon into making the soccer team for his school.

4. Select the best two evidences that support how the author introduces, illustrates, and elaborates on the concept of Black Freedom?

   Ⓐ The author uses black characters to represent black freedom.
   Ⓑ The author uses self-imprisonment as a barrier for the main character.
   Ⓒ The author utilizes flashbacks to paint a picture for the reader.
   Ⓓ The author connects historical facts to the characters' relatable daily challenges.
   Ⓔ The author proves that Haiti is in the center of black liberation.

5. The following question has two parts. First, answer part A. Then, answer part B.

   Part A
   Which character do we know the most about based on inference?

   Ⓐ Pouchon
   Ⓑ Natacha
   Ⓒ Liberis
   Ⓓ Coralie

Part B
Use evidence from the text to explain your answer for Part A.

_____
_____
_____
_____
_____
_____
_____
_____

Craft and Structure

1. What is the meaning of the phrase <u>the battle resumed</u> as it used in this sentence on page 17?

   "Is that how the war ended?" asked Pouchon.
   Liberis tells him, "No, <u>the battle resumed</u> and Haiti eventually won."

   (A) got bloody
   (B) got heated
   (C) continued
   (D) lasted longer

2. The following question has two parts. First, answer part A. Then, answer part B.

   Part A
   What does Coralie hope to accomplish in her explanation on page 13?

   (A) To convince Liberis that Haitian slaves had great imaginations.
   (B) To convince Natacha that it's a wonderful thing to dream.
   (C) To convince Natacha and Pouchon that achievement and self-assurance starts within.
   (D) To convince Natacha that slaves were hard workers.

   Part B
   Which sentence from the story best supports the answer in Part A?
   (A) "The Haitian slaves pictured themselves as free human beings."
   (B) "All of these things must start in the mind before they become action!"
   (C) "The slaves worked hard to execute their plans."
   (D) "Soccer or any sport you play is 90% mental and only 10% is physical."

3. What is the author's purpose for writing this story?

   (A) To give information about the Haitian revolution and how history impacts the present.
   (B) To prove that black people have been seeking freedom for hundreds of years.
   (C) To provide an example of how powerful it is when parents educate their children.
   (D) To explain why blacks needed to fight for freedom.

4. How did Pouchon and Natacha respond to the historical account of black freedom?

(A) Natacha absorbs the information, Pouchon seems nonchalant about it.
(B) Natacha seems jealous for attention, Pouchon is upset by her selfishness.
(C) Pouchon absorbs the information, Natacha seems nonchalant about it.
(D) Natacha seems jealous for attention, Pouchon is unbothered.

5. Read the following excerpt from the story?

Liberis explains, "Bataille de Vertieres was the last battle Haiti fought against the French army in 1803 to end slavery on the island. This is how Haiti became the first free black nation in the world."

(A) by compare and contrast
(B) by chronological order
(C) by problem and solution
(D) by cause and effect

Integration of Knowledge

1. Based on the illustrations and the passage, which sentence tells how Liberis and Coralie are different?

(A) Liberis generally tells more stories and facts about Haiti than Coralie.
(B) Coralie likes to cook, Liberis doesn't.
(C) Liberis loves Haiti more than Coralie.
(D) Coralie is closer to the children than Liberis.

2. What is one difference between the fiction story and the historical account?

(A) The fiction passage does not show women as part of the slaves. The historical account suggests that multiple women assisted with the revolution.
(B) In the fiction story, the characters mentioned that France had the most powerful army in the world, the historical account does not mention it.
(C) In the fiction story, history helped Pouchon. The historical account suggests that slaves had their eyes set on making history if they won the war.
(D) In the fiction story, history helped motivate Pouchon. The historical account suggests that people were motivated because it was a matter of life and death for them and future generations.

3. What advantage does the pictures have over the text presentations in conveying information about Black Freedom?

(A) The pictures show the feelings and emotions of the characters in the story.
(B) The pictures show what the African slaves looked like.
(C) The pictures show the positive impacts of a united black family.
(D) The pictures tell how to find out more about black freedom.

4. The following question has two parts. First, answer part A. Then, answer part B.

Part A

What do we know about the Haitian soldiers based on information provided by the illustration on page 15?

- (A) The Haitian soldiers use high powered weapons.
- (B) The Haitian soldiers followed their leaders.
- (C) The Haitian soldiers were fearless.
- (D) The Haitian soldiers were well-trained.

Part B

How does our knowledge of Part A deepen our understanding of the Battle of Vertieres?

- (A) It was a battle of two strong armies.
- (B) It was a battle where many lives were lost.
- (C) It was a battle that Haiti will always remember.
- (D) It was a battle of the human will and spirit.

5. If you were producing a movie to the story of "1803-Black Freedom," which details would you choose to include? Why?

_____
_____
_____
_____
_____
_____
_____
_____
_____
_____
_____
_____
_____
_____
_____
_____
_____
_____
_____

Lide Kle ak Detay

1. Ki evènman ki finalman ede Pouchon konprann ki jan kilti l' konekte pwofondman ak defi aktyèl nan lavi li?

   (A) Byen patisipe nan antrènman foutbòl lan
   (B) Aprann istwa Franswa Kapwa.
   (C) Selebre ak ponmket e kola Ayisyen
   (D) Aprann kijan Ayiti te kalifye pou Koup Mondyal la

2. Kouman lide kouraj devlope nan tout istwa "1803-Libète Nwa?"

   (A) Okòmansman, Pouchon pa kontan, aprè sa manman l fè kè l' kontan.
   (B) Esklav Ayisyen yo te travay di pou egzekite plan yo.
   (C) Liberis te gade fim foutbòl avèk Pouchon epi li te ede l antrene pandan de semèn.
   (D) Okòmansman, Pouchon te pè, aprè sa li vinn gen kouraj pou patisipe nan antrènman foutbòl lan

3. Ki sa ki lide santral nan "1803-Libète Nwa?"

   (A) Ayiti se yon gwo egzanp libète nwa pou tout pèp Afriken yo.
   (B) Kilti Ayisyen enpòtan pou pèp Ayisyen an.
   (C) Kouraj, detèminasyon, konesans nan istwa ka vire enposib nan yon reyalite.
   (D) Liberis ankouraje ak antrene Pouchon jiskaske li fè pati nan ekip foutbòl la pou lekòl li.

4. Chwazi de prèv ki pi bon sipòte jan otè a entwodui, ilistre, ak elabore sou konsèp libète nwa a?

   (A) Otè a itilize karaktè nwa pou reprezante libète nwa.
   (B) Otè a itilize anprizònman pwòp tèt ou kòm yon baryè pou karaktè prensipal la.
   (C) Otè a sèvi ak souvnans pou pentire yon foto pou lektè a. ☐
   (D) Otè a konekte reyalite istorik ak defi komen ki gen rapò ak karaktè yo.
   (E) Otè a pwouve ke Ayiti nan sant liberasyon nwa.

5. Kesyon ki anba la a gen de pati. Premyèman, reponn pati A. Aprè sa a, reponn pati B.

   Pati A
   Ki karaktè nou konnen pi plis ki baze sou enferans?

   (A) Pouchon
   (B) Natacha
   (C) Liberis
   (D) Korali

Pati B

Sèvi ak prèv ki nan tèks la pou eksplike repons ou pou Pati A.

_____

_____

_____

_____

_____

_____

_____

_____

_____

Atizana ak Estrikti

1. Ki sa fraz <u>batay la rekòmanse</u> vle di jan li te itilize nan paj 17?

   "Eske se konsa lagè a te fini?"
   Liberis di'l, "Non, <u>batay la te rekòmanse</u> men Ayiti te genyen."

   - Ⓐ   Te gen san
   - Ⓑ   Te chofe
   - Ⓒ   Kontinye
   - Ⓓ   Te dire pi lontan

2. Kesyon ki anba la a gen de pati. Premyèman, reponn pati A. Aprè sa a, reponn pati B.

   Pati A
   Kisa Coralie espere akonpli nan eksplikasyon li nan paj 13?

   - Ⓐ   Pou konvenk Liberis ke esklav Ayisyen yo te gen gwo imajinasyon.
   - Ⓑ   Pou Konvenk Natacha se yon bèl bagay le moun fè rèv.
   - Ⓒ   Pou konvenk Natacha ak Pouchon ke reyisit ak konfyans kòmanse andedan w.
   - Ⓓ   Pou konvenk Natacha ke esklav yo te konn travay di.

   Pati B
   Ki fraz ki nan istwa a pi byen sipòte repons lan nan Pati A?

   - Ⓐ   "Esklav Ayisyen yo te wè lavi kòm imen ki lib."
   - Ⓑ   "Tout bagay sa yo dwe kòmanse nan lespri'w anvan yo vin aksyon!"
   - Ⓒ   "Yo te travay di pou egzekite plan yo."
   - Ⓓ   "Foutbòl oswa nenpòt espò ou jwe se 90 pousan preparasyon mantal ak sèlman 10 pousan fizik.."

3. Ki objektif otè a pou ekri istwa sa a?

   - Ⓐ   Pou bay enfòmasyon sou revolisyon Ayisyen an ak ki jan istwa enpak prezan an.
   - Ⓑ   Pou pwouve ke moun nwa yo ap bouske pou libète pou plizyè santèn ane.
   - Ⓒ   Pou bay yon egzanp sou ki jan li pwisan lè paran yo edike pitit yo.
   - Ⓓ   Pou eksplike poukisa nwa bezwen goumen pou libète.

4. Ki jan Pouchon ak Natacha te reponn a istwa istorik libète nwa?

(A) Natacha absòbe enfòmasyon an, Pouchon sanble li kè pòpòz.
(B) Natacha sanble l jalou pou atansyon, Pouchon fache pa egoyis mamzèl.
(C) Pouchon absòbe enfòmasyon an, Natacha sanble li kè pòpòz.
(D) Natacha sanble l jalou pou atansyon, Pouchon sanble sa pa di l anyen.

5. Li ekstrè sa yo nan istwa a?

Liberis eksplike, "Batay Vètyè te dènye batay Ayiti te goumen kont lame Fransè an 1803 pou fini ak esklavaj sou zile a. Se konsa Ayiti te vin premye nasyon ki lib nwa nan mond lan."

(A) pa konpare ak kontras
(B) Pa lòd kwonolojik
(C) Pa pwoblèm ak solisyon
(D) Pa Kòz ak efè

Entegrasyon nan Konesans

1. Baze sou ilistrasyon yo ak pasaj la, ki fraz ki di ki jan Liberis ak Korali diferan?

(A) Jeneralman, Liberis rakonte plis istwa ak enfòmasyon sou Ayiti pase Coralie.
(B) Korali renmen kwit manje, Liberis pa fè sa
(C) Liberis renmen Ayiti plis pase Coralie.
(D) Korali gen pi bon relasyon ak timoun yo pase Liberis.

2. Ki diferans ki genyen ant istwa fiksyon an ak kont istorik la?

(A) Pasaj fiksyon an pa montre fanm fè pati esklav yo. Kont istorik la sijere ke plizyè fanm te ede avèk revolisyon an.
(B) Nan istwa fiksyon an, karaktè yo mansyone ke Lafrans te gen lame ki pi pwisan nan mond lan, kont istorik la pa mansyone sa.
(C) Nan istwa fiksyon an, istwa te ede Pouchon. Kont istorik la sijere ke esklav yo te fikse ze yo sou yon mouvman istorik si yo te genyen lagè a.
(D) Nan istwa fiksyon an, istwa te motive Pouchon. Kont istorik la sijere ke moun yo te motive paske yo te anfas lavi o lanmò pou yo ak jenerasyon kap vini aprè yo.

3. Ki avantaj foto yo gen sou prezantasyon tèks yo nan transmèt enfòmasyon sou Libète Nwa?

(A) Foto yo montre santiman ak emosyon karaktè yo ki nan istwa a.
(B) Foto yo montre kijan esklav Afriken yo te sanble.
(C) Foto yo montre enpak pozitif yon fanmi nwa ki ini.
(D) Foto yo di kòman pou w jwenn plis enfòmasyon sou libète nwa.

4. Kesyon ki anba la a gen de pati. Premyèman, reponn pati A. Aprè sa a, reponn pati B.

Pati A
Baze sou enfòmasyon ki nan ilistrasyon nan paj 15 lan, Kisa nou konnen sou sòlda Ayisyen?

(A) Sòlda Ayisyen yo itilize gwo zam ki.
(B) Sòlda Ayisyen yo te swiv lidè yo.
(C) Sòlda Ayisyen yo pat te pè.
(D) Sòlda Ayisyen yo te byen antrene..

Part B
Ki jan konesans nou nan Pati A apwofondi konpreyansyon nou sou Batay nan Vètyè
(A) Se te yon batay nan de lame fò.
(B) Li te yon batay kote anpil lavi te pèdi.
(C) Li te yon batay ke Ayiti ap toujou sonje.
(D) Li te yon batay sou volonte ak lespri imen.

5. Si ou t ap pwodwi yon fim sou istwa nan "1803-Libète Nwa," ki detay ou ta chwazi pou enkli? Poukisa?

_____
_____
_____
_____
_____
_____
_____
_____
_____
_____
_____
_____
_____
_____
_____
_____
_____
_____
_____
_____
_____
_____
_____
_____
_____
_____
_____
_____
_____
_____

Response Journal

READ, WRITE, AND REFLECT

Name:_____   Date:_____

The story mentions Haiti was overpowered and outnumbered by the French army, but they came up with a smart plan to win the battle and earned the right to be the first free black republic in the world. Is there something in your life that seems impossible to accomplish? If so, what is it? If not, is there someone you know who's facing an impossible task?

_____

_____

_____

Outline a smart plan to do the impossible

Task	Ideas/notes
What is the impossible task?	
What do you think is needed to accomplish the task?	
Are there people you know who can help? If so, write their names down	
How can you help them get involved?	
When will you start?	
When will you end the task to conquer the impossible?	

Jounal Repons lan

LI, EKRI, EPI REFLECHI

Non:_____   Dat:_____

Istwa a mansyone kijan Ayiti te kwaze ak yon lame Fransè ki te gen plis solda avèk plis fòs, men yo te vini ak yon plan entelijan pou yo te genyen batay la epi pran endepandans yo kòm premye repiblik nwa ki libere nan mond lan. Èske gen yon bagay nan lavi ou ki sanble enposib pou akonpli? Si se konsa, ki sa li ye? Si se pa sa, èske gen yon moun ou konnen ki ap fè fas ak yon traka enposib?

_____
_____
_____

Fè yon plan entelijan pou simonte sa ki enposib

Travay	Lide/Nòt
Ki sa ki travay enposib la?	
Ki sa ou panse ki nesesè pou akonpli travay la?	
Èske gen moun ou konnen ki ka ede w? Si se konsa, ekri non yo	
Kijan ou ka ede yo patisipe?	
Kilè w ap kòmanse? Kilè w ap fini travay la pou konkeri bagay enposib la?	

Lekòl Primè (1803-Libète Nwa): Repons Jounal elèv yo pou Paj 10

Response Journal

READ, WRITE, AND REFLECT

Name:_____ Date:_____

Pouchon went from being intimidated to having a confident tone. He mentioned that "he's fast like soccer legend Pele." What do you think is the difference between confidence and arrogance? Do you believe you have either one of these traits? Why or why not?

_____
_____
_____
_____
_____
_____
_____
_____
_____
_____

How can confidence or arrogance hurt or help you?
Choose one of the following responses:
*Illustrate your response.
*Write a paragraph, poem, or song that addresses your response.

Middle School (1803-Black Freedom): Student Journal Response to Page 11

Jounal Repons lan

Non:_____ Dat:_____

Nan konmansman an Pouchon te entimide, apre sa li vinn genyen konfyans. Li mansyone ke "li kouri vit tankou lejand foutbòlè Pele." Ki diferans ou panse ki genyen ant konfyans ak awogans? Ou kwè ou gen youn nan karakteristik sa yo? Poukisa ou pa?

_____
_____
_____
_____
_____
_____
_____
_____
_____
_____

Kijan konfyans oswa awogans ka fè w mal oswa ede ou?
Chwazi youn nan repons sa yo:
 *ilistre repons ou
 * Ekri yon paragraf, yon powèm, oswa yon chan ki adrese repons ou.

1803 Haitian Flag Word Search

```
B T N M T V K T N F S W L I R
L I F R E E D O M R L T N I E
U N H Z U M N G E A A L X N D
E K A A Q E U E V N V E O D M
G L H T I K C L I C E G S E H
C E L G A T N O A E R U C P H
U C I W A C I R R T Y M H E P
L A B P F S H A F A T E O N O
T N E N R T Y A N U L O O D U
U O R Q I I H A K F Z I L E C
R N I B C I D I C H L I E N H
E S S R A P S E Q S K A Y C O
C Z D E S S A L I N E S G E N
C A T H E R I N E F L O N M D
C D E O N O J S M R M F D D F
```

Catherine Flon	Independence	Haitian Flag	Dessalines
Pouchon	Natacha	Mulatto	Culture
Freedom	Slavery	Coralie	Africa
Pride	Liberis	Canons	School
Legume	France	Blue	Red

1803 Series
Crossword Puzzle

Down:
1. Ability to do something in the face of pain or grief
2. Working together for a common goal
3. The state of being free from oppression
4. A feeling of deep pleasure, satisfaction, or self respect
5. A feeling of great pleasure or happiness
8. The customs, arts, social institutions, and achievements of a particular nation, people, or other social group.
9. The importance, worth, or usefulness of something

Across:
6. Honoring an important event or occasion
7. Is a loss or something you give up, usually for the sake of a better cause.
9. An act of defeating an enemy or opponent in a battle

WORD BANK

Pride   Victory
Value   Culture
Sacrifice   Celebration
Cooperation   Joy
Courage   Liberty

1803 Black Freedom Word Search

```
B Z P R K Q N A T A C H A U S
Y H E G F E A R L E S S L P O
K O L I N T I M I D A T I O N
F N E N W A B R A V E R Y W H
W O R L D C U P Q Q T S L E A
I R W G C O R A L I E O E R I
P O U C H O N Z N K W C G F T
J I M P O S S I B L E C A U I
V E R T I E R E S F P E C L A
B R O C H A M B E A U R Y M N
A E B L A C K F R E E D O M F
T R A I N I N G M Z L G K X O
T O X A R M Y I N S P I R E O
L G M X W H I S T O R Y H K D
E O C A P O I S L I B E R I S
```

Intimidation	Black Freedom	Haitian Food	Rochambeau
Impossible	Vertieres	Pouchon	Bravery
World Cup	Fearless	Inspire	Coralie
Capois	Honor	Natacha	Army
Powerful	Training	Liberis	History
Battle	Soccer	Legacy	Pele

Word Scramble

OAPSIC   _____

FGLA   _____

ITAHI   _____

RHTUAO   _____

PTCUREI   _____

LAEVS   _____

REPDI   _____

VTEEN   _____

IELSDNESSA   _____

FDEOEMR   _____

Made in the USA
Middletown, DE
17 August 2022

70680108R00024